AF373740

SUCCESSION

DI

Madame PEDUZZI

V^{ce} RENO⸺⸺OCK

IMPRIMEURS DE LA CO⸺ ⸺IRES-PRISEURS

Ru

CATALOGUE

DES

BEAUX MOBILIERS

TABLEAUX, OBJETS D'ART

DIAMANTS, BIJOUX, ARGENTERIE

Garde-Robe, Dentelles, Fourrures, Lingerie, Éventails

VINS FINS ET ORDINAIRES

DONT LA VENTE AURA LIEU

POUR CAUSE DU DÉCÈS

De Madame PEDUZZI

Garnissant son appartement, sis à Paris, rue Gluck, 2,
et sa propriété, sise à Croissy

HOTEL DROUOT, SALLE N° 1

Les Mercredi 26, Jeudi 27, Vendredi 28 et Samedi 29 Mai 1880

A DEUX HEURES

Nota. — La vente des VINS aura lieu le Mardi 1er Juin, Salle n° 11
et la livraison le Mercredi 2 Juin, même Salle.

COMMISSAIRES-PRISEURS

Me FONTAINE	**Me FÉRON**
rue Cadet, n° 8	rue Geoffroy-Marie, n° 5

EXPERTS

M. FALKENBERG	**M. GEORGE**	**M. BLOCHE**
rue Louis-le-Grand, 26	rue Laffitte, 12	boulevard Montmartre, 12

EXPOSITIONS

PARTICULIÈRE	PUBLIQUE
Le Lundi 24 Mai 1880	Le Mardi 25 Mai 1880

DE UNE HEURE ET DEMIE A CINQ HEURES ET DEMIE

Nota. — Le MOBILIER DE PARIS et les DIAMANTS seront exposés
le Mercredi 19 Mai, rue Gluck, 2, de 1 heure à 5 heures 1/2.

LA BELLE PROPRIÉTÉ DE CROISSY EST A VENDRE

PARIS — 1880

D 54 2

CONDITIONS DE LA VENTE

Elle sera faite au comptant.

Les acquéreurs paieront CINQ POUR CENT en sus des adjudications, applicables aux frais.

Les Expositions mettant le public à même de se rendre compte de l'état et de la nature des objets, aucune réclamation ne sera admise une fois l'adjudication prononcée.

DIAMANTS, BIJOUX

1 — Beau Collier composé de trois rangs de perles, 183 pierres, avec fermoir formé d'un gros brillant entouré de 15 brillants.

2 — Beau Pendentif, formé d'un gros brillant au centre de trois entourages, d'ornements aux extrémités et de belière composés de 82 brillants.

3 — Paire de gros Boutons solitaires en brillants.

4 — Paire de gros Boutons d'oreilles composés d'un brillant au centre, et d'un double entourage de brillants,

5 — Paire de gros Boutons d'oreilles composés chacun d'une perle grise et de 6 gros brillants.

6 — Petite Broche composée d'un gros brillant entouré de 8 autres brillants et quelques roses.

7 — Paire de gros Boutons d'oreilles composés chacun
d'un faux saphir entouré de 14 brillants.

8 — Petite Broche longue formée d'un faux saphir et,
de chaque côté, d'un ornement en brillants.

9 — Paire de gros Boutons d'oreilles, formés chacun
d'une turquoise entourée de 12 brillants.

10 — Broche formée d'une turquoise entourée de
14 brillants, avec pendant également en turquoise entourée de 7 brillants.

11 — Bracelet-Porte-Bonheur enrichi de 11 brillants.

12 — Bracelet-Porte-Bonheur, à charnières, enrichi de
17 chatons en brillants.

13 — Petit Bracelet, forme jonc, en or, avec chaton
orné d'un brillant de fantaisie.

14 — Porte-Bonheur en or poli.

15 — Deux Bracelets, modèle corde, en or.

16 — Bague à 3 rangs composée d'un brillant, un saphir
et 18 petits brillants.

17 — Bague jonc, composée de 6 brillants.

18 — Bague marquise en brillants.

19 — Petite Bague formée de deux cœurs en brillants
et un rubis, surmontée d'une couronne.

20 — Broche, forme lézard, enrichie de brillants, émeraude et rose.

21 — Demi-Parure, Broche et Pendants d'oreilles, modèle créole, enrichie de perles, saphirs, turquoises et brillants.

22 — Demi-Parure, Broche et Boucles d'oreilles forme guêpe enrichie de rubis, émeraudes et roses.

23 — Petite Montre à remontoir et guichet, de la maison Leroy.

24 — Chaîne giletière en or poli.

25 — Fermoir composé d'un brillant au centre et de 42 brillants autour.

26 — Bélière en brillant et roses.

27 — Paire de Boutons de manchettes en or mat, enrichis d'un brillant au centre.

28 — Paire de gros Boutons d'oreilles formés de boules de corail rose surmontées d'un petit chaton en brillant.

29 — Broche en or mat, ornée d'un grain de corail entouré de roses.

30 — Broche en or, forme clé.

31 — Paire de Boutons d'oreilles grenats cabochons et roses.

32 — Petite Broche en or, avec applique en perle, rubis
et roses.

33 — Collier et Boucles d'oreilles formés de boules en
jaspe, avec un entre-deux en perles et plaques
enrichies de rubis et de roses.

34 — Bracelet-Chaîne avec croix, pavé de turquoises.

35 — Collier en corail.

36 — Chaîne de col en or.

37 — Sous ce numéro, divers Bijoux en or et imitation.

ARGENTERIE

38 — Service de table en argent, composé de : trente-
six Fourchettes, douze Cuillers, trente-six Couteaux à lames d'argent, trente-six Couteaux à
lames d'acier et sept Cuillers à sel.

39 — Douze Cuillers à café en argent.

40 — Pelle à glace en argent.

41 — Pince à asperges en argent.

42 — Service à salade en argent et ivoire.

43 — Services à découper, à hors-d'œuvre.

44 — Deux Cuillers à crème en argent.

45 — Sept Couverts d'entremets en argent.

46 — Cuiller à sauce en argent.

47 — Service à poisson en argent.

48 — Deux Salières en argent.

49 — Bouilloire en argent.

50 — Soupière en argent.

51 — Bol à crème en argent.

52 — Louche en argent.

53 — Porte-Cure-dents en argent.

54 — Deux Candélabres en argent.

55 — Deux Tasses avec soucoupes en argent.

56 — Saucière avec plat en argent.

57 — Moutardier en argent.

58 — Théière, Sucrier, Cafetière en argent.

59 — Porte-Huilier en argent.

60 — Casserolle en argent.

61 — Six Coquetiers en argent.

62 — Onze Couteaux à lames d'argent.

63 — Service à salade ivoire et argent.

TABLEAUX

—

DIAZ (N.)

64 — Deux Fillettes et un Chien.

H. 35 c. L. 27 c.

GÉROME

65 — Portrait de jeune fille.

Debout, en pied, vue de face, en robe blanche, avec ceinture bleue, et tenant un chien sous son bras.

H. 32 c. L. 22 c.

GUITTARD (A.)

66 — Grands Arbres au bord de l'eau.

H. 23 c. L. 18 c.

GUITTARD (A.)

67 — Rivière et Prairies.

H. 23 c. L. 18 c.

LAMBINET (?)

68 — Le Champ de blé.

H. 30 c. L. 1 m. 45 c.

ROBERT (M.)

(Naples, 1872)

69 — La Marchande d'oranges.

H. 1 m. 22 c. L. 84 c.

SERRES (Antony)

70 — La Vachère (Effet d'automne).

H. 34 c. L. 26 c.

PROCACCINI

71 — La Sainte Famille.

MONNOYER (Attribué à Baptiste)

72 — Bouquet de fleurs.

TÉNIERS (Genre de)

73 — Buveur et Fumeur.

ÉCOLE FRANÇAISE

74 — Jeune Femme en costume Louis XVI.

MOBILIER, OBJETS D'ART

ANTICHAMBRE

75 — Grande et belle Armoire à glaces, à trois battants en bois noir.

76 — Deux Escabeaux en bois sculpté, du XVI° siècle.

77 — Porte-Cannes et Parapluies, avec patères en chêne sculpté.

78 — Lanterne à pans garnis de verres blancs et rouges.

79 — Table en chêne sculpté.

80 — Tapis de table, broderie d'Orient sur fond noir.

81 — Paire de Rideaux en drap rouge, avec embrasses.

82 — Deux grands Plats en cuivre repoussé, à figures.

83 — Huit Plats et Assiettes en faïence française et porcelaine de Chine.

84 — Tapis en moquette, fond blanc à fleurs.

SALLE A MANGER

85 — Magnifique Tenture : une paire de Rideaux avec bandeau et deux Portières, offrant en riche broderie d'or et de soie multicolore des dessins d'après Bérain, sur fond de drap rouge.

86 — Très-beau Dressoir à glace et Consoles en bois noir sculpté.

87 — Table à rallonges sur un seul pied, en bois noir sculpté.

88 — Chauffe-Assiettes en bois noir.

89 — Petit Buffet à un battant en bois noir.

90 — Desserte en bois noir.

91 — Deux Tables servantes en bois noir.

92 — Six Chaises et deux Fauteuils en bois noir, couverts en velours rouge frappé, style Louis XIII.

93 — Belle Suspension en cuivre poli, à dix lumières, style du XVIIe siècle.

94 — Deux Lampes en cuivre.

95 — Jardinière en cuivre poli, XVIIe siècle.

96 — Deux Jardinières en faïence, fond jaune à fleurs.

97 — Service en faïence : décor à fleurs pour douze
couverts.

98 — Douze Assiettes en porcelaine de Berlin : décor
oiseaux, bords à jour.

99 — Service à dessert en porcelaine anglaise, à bordure verte.

100 — Tapis de table, molleton rouge.

101 — Tapis d'Orient, fond rouge, à médaillon au centre
couvrant toute la pièce.

102 — Deux Tapis d'Orient, fond bleu, bordure à petits
dessins.

103 — Service de table en cristal taillé.

GRAND SALON

104 — Très-belle Tenture : deux paires de Rideaux de
croisées avec lambrequins, galeries et embrasses, quatre paires de Portières avec garniture en satin crème broché à fleurs et oiseaux
en couleurs diverses.

105 — Très-bel Ameublement, composé de deux Fauteuils Marie-Antoinette, quatre Fauteuils et quatre Chaises en bois sculpté et doré, couverts en satin crème broché d'oiseaux et de fleurs de couleurs et capitonnés, style Louis XVI.

106 — Grand Canapé couvert en satin analogue.

107 — Deux Marquises couvertes en satin analogues.

108 — Tablette de cheminée, même étoffe avec franges.

109 — Table de milieu en bois sculpté et doré, style Louis XVI.

110 — Cinq jolis Coussins en broderie et crochet.

111 — Table à jeu à volets en acajou et filets de cuivre, style Louis XVI.

112 — Beau Cabinet en laque de Chine, fond noir; riche décor de figures à rehauts d'or, monture en cuivre gravé.

113 — Deux Tables-Supports en bois sculpté, peint et doré, formées de cariatides.

114 — Paire de grandes Lampes en porcelaine de Chine à figures montées en bronze doré, style Louis XVI.

115 — Deux Gaînes en bois sculpté, rechampi de blanc et rehaussé d'or.

116 — Piano en palissandre d'Erard.

117 — Tabouret de piano en bois doré, couvert en satin broché et capitonné.

118 — Casier à musique.

119 — Etagère en laque rouge et or.

120 — Paravent japonais à six feuilles décorées de personnages en étoffe appliquée.

121 — Belle Glace biseautée, avec cadre en bois sculpté et doré, à fronton.

122 — Boîte à musique.

123 — Belle Garniture de cheminée en marbre blanc et bronze doré au mat : Pendule forme lyre et Candélabres à sept lumières, style Louis XVI.

124 — Paire de Flambeaux en bronze doré, formés de groupes de cariatides, style Louis XVI.

125 — Belle Garniture de foyer en bronze doré, style Louis XVI.

126 — Porte-Pelle et Pincettes, modèle assorti.

127 — Belle Statue en bronze (*Jeanne d'Arc*), de LEFÈVRE.

128 — Petit Groupe en bronze (Jeu d'Enfants), style Louis XVI.

129 — Groupe en terre cuite : *La Petite Mère*, de COMEIN.

130 — Lustre en cristal taillé, style Louis XVI.

131 — Lampe en porcelaine de Chine ; décor à personnages, montée en bronze doré.

132 — Potiche en porcelaine du Japon : décor polychrome.

133. — Boîte en laque du Japon à réhauts d'or.

134 — Main en marbre blanc, de Madame L. P.

135 — Belle Coupe en bronze ciselée, sujet mythologique en bas-relief.

136 — Coupe en faïence anglaise, portée par trois enfants.

137 — Coupe en Chine craquelée, montée en bronze doré.

138 — Panier en faïence moderne, à deux compartiments.

139 — Assiette en faïence à jour.

140 — Verre de Venise.

141 — Beau **Tapis d'Orient** couvrant la pièce.

PETIT SALON

142 — Tenture, deux paires de Rideaux, trois Portières en étoffe de fantaisie brochée,

143 — Canapé capitonné et un Fauteuil couverts en même étoffe.

144 — Deux Chaises en bois noir, couvertes en même étoffe.

145 — Table-Bureau en bois noir, avec pieds à croisillons.

146 — Belle Étagère en bois de fer sculpté, Travail chinois.

147 — Table à étagère en faïence et bois noir.

148 — Guéridon en laque.

149 — Stéréoscope.

150 — Lustre en cuivre poli, style Renaissance.

151 — Buste de Mme L. P. en marbre blanc, par Lanzirotti.

152 — Glace avec cadre en bois noir ornée d'appliques de cuivre, style Louis XIII.

153 — Deux Chimères en faïence japonaise.

154 — Groupe en grès du Japon émaillé.

155 — Jardinière en porcelaine de Chine: décor à figures.

156 — Échope de cordonnier en faïence.

157 — Jardinière en porcelaine de Saxe: décor à médaillons.

158 — Tasse avec soucoupe de Sèvres; décor gros bleu, médaillon à sujet et rehaussé d'émaux.

159 — Groupe moderne, personnage sur un éléphant.

160 — Vase en poterie suisse émaillé.

161 — Boîte en laque du Japon.

162 — Paire de Flambeaux en bronze, formés de cariatides.

163 — Grande Porte en chêne, à trois battants garnis de glaces biseautées, dissimulant un cabinet de toilette.

164 — Toilette en chêne à dessus de marbre.

165 — Grande Glace avec cadre en chêne.

166 — Garniture de toilette en porcelaine.

167 — Tapis style oriental, couvrant la pièce.

168 — Carpette orientale fond blanc, bordure à petits
     dessins.

169 — Paire de Vases en porcelaine du Japon, décor à
     fleurs.

170 — Trois Coussins variés.

171 — Petit Vase en émail cloisonné, monté en bronze.

172 — Suite de Livres et d'Albums (Sera divisé).

173 — Deux Chenets en fer, style Louis XIII.

174 — Porte-Pelle et Pincettes assortis.

CHAMBRE A COUCHER

175 — Beau Lit de milieu en satin havane et bleu-clair,
     brodé avec baldaquin à lambrequin et rideaux
     analogues, intérieur en guipure.

176 — Couvre-Lit en satin bleu molletonné.

177 — Belle Tenture: une paire de Rideaux et une
     paire de Portières analogues.

178 — Tablette de cheminée en satin bleu brodé, dessus
     en guipure.

179 — Fauteuil et Chaise ottomane en satin havane capitonnés.

180 — Chaise en bois doré, couverte en satin broché.

181 — Secrétaire en bois doré et décoré pour simuler les meubles florentins.

182 — Deux jolies Tables de nuit en vernis Martin, ornées de bronzes dorés, style Louis XVI.

183 — Table à ouvrage en marqueterie, ornée de bronzes dorés, style Louis XVI.

184 — Jolie Garniture de cheminée: Pendule, Flambeaux et Cassolettes en marbre blanc etbronze doré, style Louis XVI.

185 — Deux Chenets en bronze doré, style Louis XVI.

186 — Porte-Pelle et Pincette assortis.

187 — Tapis fond gros bleu.

188 — Tapis d'Orient fond blanc, à petits dessins.

189 — Descente de lit à fleurs.

190 — Petit Tapis de table en soie bleue brochée d'or.

191 — Potiche en faïence algérienne.

192 — Deux petites Potiches en Deflt polychrome.

CABINET DE TOILETTE

193 — Ameublement composé d'une Chaise longue, deux Fauteuils, deux paires de Rideaux avec lambrequins, deux paires de Portières et tenture en étoffe bleu uni.

194 — Deux Chaises en bois sculpté rehaussé de blanc, couvertes en soierie brochée, style Louis XVI.

195 — Grande et belle Toilette avec glace au fond, encadrement à fronton et étagères en bois laqué blanc et filets bleus, style Louis XVI.

196 — Armoire à glace, même style.

197 — Chiffonnier, même style.

198 — Cabinet en laque et burgauté.

199 — Garniture de toilette en porcelaine bleue, à filets d'or.

200 — Suite de Flacons en cristal taillé et en verre gravé.

201 — Deux Appliques à deux lumières en porcelaine, montées en cuivre platiné.

202 — Belle Pendule en bronze ciselé et doré, avec socle en marbre blanc orné de bronzes, style Louis XVI.

203 — Deux Flambeaux en bronze doré, de l'Empire.

204 — Paire de Lampes formées de cornets en faïence d'Urbino; décor à figures.

205 — Boîte en laque du Japon, à rehauts d'or.

206 — Deux Figurines en faïence japonaise.

207 — Statuette en bronze (*Baigneuse*), d'après ALLE-GRIN.

208 — Deux Vases en Delft; décor en bleu.

209 — Garniture de foyer en cuivre poli, style Louis XIII.

210 — Porte-Pelle et Pincettes assortis avec ses ustensiles.

211 — Coussin en satin bleu.

212 — Coussin en broderie d'Orient.

213 — Table de toilette, garnie d'étoffe.

214 — Vases, Cornets, Arrosoirs en faïence et porcelaine, garnissant la toilette.

215 — Broc et Seau en cuivre.

216 — Plat en porcelaine du Japon polychrome.

217 — Plats et Compotiers en porcelaines diverses.

218 — Tapis fond bleu à palmes, couvrant la pièce.

219 — Tapis d'Orient.

SECONDE CHAMBRE A COUCHER

220 — Ameublement composé du Lit à baldaquin, une
Toilette, un Bureau, une Table de nuit et deux
Chaises, Rideaux et Portières, bois blanc laqué
à filets roses, étoffe cretonne bleue à fleurs.

221 — Armoire à glace en marqueterie, ornée de bronzes.

222 — Garniture de cheminée en bronze doré.

223 — Deux petits Flambeaux en porcelaine, montés en
bronze.

224 — Guéridon-Vide-Poche en cristal, monté en bronze,
genre bambou.

225 — Chevalet en bois noir.

226 — Tapis fond rouge, genre d'Orient.

GARDE-ROBE

227 — Suite de beaux Costumes en faille, en drap, en étoffe de fantaisie, Manteaux, Confections, garnis de fourrures.

228 — Chapeaux de différentes formes.

229 — Lingerie, Chemises, Mouchoirs, Camisoles, garnis de broderies et de valenciennes.

230 — Dentelles, Garnitures, Pointes, Volants, Cravates.

231 — Éventails. Suite de différents genres ornés de vélins, de faille, de plumes, etc.

232 — Linge de table, Services damassés.

233 — Linge de ménage, Draps, Taies d'oreiller, Services de toilette.

234 — Bas de soie et de cachemire.

———

CAVE

235 — Environ 4.000 Bouteilles des meilleurs crûs de Bordeaux, Saint-Émilion, Saint-Julien, Médoc, Bourgogne, Chambertin, Beaune, Graves, Chablis, Hermitage, Champagne, Xérès, Malaga, Liqueurs diverses.

MOBILIER DE CROISSY

SALLE A MANGER

236 — Dressoir en bois sculpté à étagère, supporté par des figures de sphynx, style du XVIe siècle.

237 — Dressoir analogue au précédent, avec portes pleines dans la partie basse.

238 — Grande Table ovale à allonges, supportée par des colonnes, style du XVIe siècle.

239 — Grand Lustre à seize lumières, en cuivre poli, style flamand du XVIe siècle.

240 — Deux grands Chenets en cuivre poli, avec groupes de chevaux ailés, style du XVIe siècle.

241 — Ameublement composé d'un Divan et quatre Coussins, cinq Fauteuils et six Chaises en velours orange et franges de soie, style Henri II.

242 — Gaîne en bois noir, style chinois.

243 — Lampe en ancienne porcelaine de Chine, décor
à feuillages en bleu sur blanc, montée en bronze
doré, style Louis XVI.

244 — Deux grandes Jardinières en terre émaillée et
décor fond rouge à rehauts d'or, représentant
des cigognes et des fleurs, style chinois.

245 — Deux Supports tripodes en bois noir sculpté.

246 — Deux grandes Potiches avec couvercles en porcelaine laquée du Japon, fond rouge; décor à rehauts d'or.

247 — Deux Jardinières en faïence, décorées de fleurs en
relief.

248 — Deux Cache-Pots en porcelaine moderne.

249 — Tente mobile avec banquette pour jardin.

250 — Paire de Lampes en bronze.

251 — Lampe en cuivre.

PETIT SALON

252 — Ameublement composé de deux Canapés d'encoi-
gnure et deux grands Fauteuils couverts en
cretonne, dessin cachemire.

253 — Deux Chaises couvertes en soie maïs, capitonnées, bambou doré.

254 — Quatre Chaises cannées et un Fauteuil bambou et canne.

255 — Jeu de billard hollandais.

256 — Table à jeu en acajou.

257 — Chaise en paille.

258 — Coussin en tapisserie.

259 — Quatre Glaces.

260 — Deux Gravures (la Veille des noces et la Cinquantaine), d'après Knaus.

261 — Coussin en soie brochée.

262 — Bonbonnier formé de trois coquilles en porcelaine moderne.

263 — Paire de Chenets en cuivre.

264 — Grille garde-feu.

265 — Panier en porcelaine moderne, avec petit chat.

266 — Petit Fauteuil de poupée et un Tabouret.

267 — Deux Hottes en paille et laine.

268 — Cantonnière à fleurs, garnie de pompons.

269 — Coussin en soie.

270 — Deux Plats en faïence moderne, genre Avisseau,
        décorés de poissons en relief.

271 — Suspension en bambou.

272 — Jardinières en verre opaque, décor à fleurs, mon-
        tées en bronze.

273 — Deux Cornets en faïence de Gien.

274 — Presse-Papier en bronze (Renard), de Fremiet.

275 — Deux Coupes tripodes en bronze, style chinois.

276 — Coupe en verre craquelé.

—

BOUDOIR

277 — Deux paires de Cornes.

278 — Table en bambou.

279 — Table en marqueterie, ornée de bronze.

280 — Canapé en satinette rouge.

281 — Coussin en laine.

282 — Tableau (Moines dans une cave).

283 — Tabouret en faïence.

284 — Jeu de croquets.

285 — Deux petites Consoles d'applique en bambou.

286 — Console bois sculpté.

287 — Deux Cornets en paille.

288 — Vase en faïence, décor en relief.

289 — Coupe en marbre, supportée par une figure d'enfant en bronze.

290 — Table-Support en chêne et canne.

291 — Glace, cadre en bambou.

292 — Coucou en chêne.

CHAMBRE A COUCHER

293 — Ameublement composé d'un Lit de milieu à baldaquin, deux Armoires à glaces à trois vantaux, deux Tables de nuit, une Chaise longue, deux Fauteuils poufs, un Bureau, en bois peint, style mauresque.

294 — Rideaux de lit, deux paires de Rideaux de croisées,
trois paires de Portières avec lambrequins et
embrasses, Couvre-Lit en étoffe rayée bleu et
blanc.

295 — Deux paires de Portières en étoffe rouge, avec
bordures roses à riches broderies, style Renaissance.

296 — Deux paires de Rideaux en étoffe imitant la
paille, et bordures brodées.

297 — Trois Tapis d'Orient

298 — Fauteuil paille et filets.

299 — Beau Vase en émail cloisonné de la Chine bleu-
turquoise, monté en pendule.

300 — Deux Chandeliers en émail cloisonné de la Chine
bleu-turquoise.

301 — Deux Coupes en émail cloisonné de la Chine,
montées en bronze.

302 — Deux grandes Figurines en porcelaine moderne.

303 — Deux Porte-Bouquets en faïence verte.

304 — Quatre Potiches en poterie algérienne.

305 — Un Poignard en fer doré et gravé.

CABINET DE TOILETTE

306 — Toilette en chêne et en bois blanc.

307 — Bahut en chêne.

308 — Lampe à quatre branches.

309 — Commode en bois noir, ornée de bronzes Louis XV.

310 — Gravure d'après Raphaël (la Vierge et l'Enfant Jésus).

311 — Tableau, (Portrait de François Ier).

312 — Pendule en marbre blanc et bronze doré, style Louis XVI.

313 — Deux Flambeaux en bronze doré, style Louis XVI.

314 — Glace avec cadre à fronton en bois sculpté et doré, époque Louis XVI.

315 — Objets non catalogués.

Ves Renou, Maulde et Cock, impr⁹ de la Compagnie des Commissaires-Priseurs, rue de Rivoli, 144   7400